———————————————————— 바다는 나이를 먹지 않는다

Over a Wall
Poetry
35

바다는 나이를 먹지 않는다

하정자 시집

나는 운명이란 말이 좋다
또 하나 만약이란 단어도 좋다
어쩌면 좋다기보다
그 단어가 언제나 내 주위에
가까이 있었던 것인지도 모른다

운명이란 놈이 나타나
자신을 어디론가 데려다 놓을 때가 있다
때로는 만날 수 없는 사람을 만나기도 한다
만약에 그를 만나지 않았다면
만약에 그날 그 장소를 가지 않았다면
가끔 그런 생각을 할 때가 있다
나 또한 만약이란 단어에서 괴로워하다가
시라는 놈을 만나지 않았나 생각한다

나는 또 하나의 만남을 위해
운명을 거부할 수 없어
시 아니 글을 쓴다.

2023. 06.
하 정 자

차례

—詩2_ **별을 타는 밤**—

차례

詩1
작은 여행

빛

어둠은 빛을 찾아 다녀도
빛은 어둠을 찾지 않는다

관절염

긴긴 여름
손가락 마디마디
툭 툭
불거져
잠 못 이루었던
울 엄니 손
봉숭아꽃 피고 지네

파란 하늘 위에
봉숭아꽃은
사그라지고
말간 눈물
가슴에 휘휘 감고 돌아섰네

공기

어느 날 벽이 생겼다
서로 간에 알지 못하는 벽이

어디서 왔는지 모르지만 벽이 생겼다
쉽게 없어질 것 같지 않는 벽
햇살과 햇살 사이에도
늘 공기는 싸늘하다
오랜 세월이 흘러가도
벽은 쉽게 허물어질 것 같지 않았다
봄은 늘 찾아와도
싸늘한 공기는 벽 속에 갇혀 늘 맴돌고 아프다
지구를 멸망할 공기일까
햇살 한번 풀어보자
공기청정기를 한번 돌리고 돌려보자
오염된 공기 언제쯤 사라질까
벽과 벽 사이에 공기는

씨앗

직불카드 지갑 속에 집을 짓길 원했어요
비를 자르는 햇살처럼
원활히 돌아가는 것 같아
순간순간 불안이 찾아와 놀다 가곤 해도
마음은 풀어 놓았죠
언제부터인지 알 수 없지만
비씨카드 이사 온 날 모든 게 건조했어요

비씨의 씨앗은 빛이 들어있어 비의 씨앗인 줄 알지 못했죠

달과 달을 꽉 물고 놓지 않는
비씨
날마다 날마다
등에 골을 파 퉁퉁 불은 씨앗을 뿌려 놓았어요
온도 조절기 없는 가방들 책을 빼고
직불카드로 바꾸어 가방 속에 들어가려면
햇살이 많이 이사 와야 하는데
아직은 눈이 많이 오는 겨울이라
눈만 왔다 가면 눈이 녹아 눈물[雪水]이
양파 싹만 터트리죠
직불카드 지갑 속에서 불이 나는데
촉촉한 땅은 언제나 태동할까요

뉴스 좀 보세요

절단되지 않는 주름 팔리지도 않는 밭
폐허가 된 밭에 할머니는 고추를 심고 싶다
밭을 기름지게 하려고 보약 타령 하신다
괜스레 수확을 잘 못한 탓이라고 하신다
뉴스를 보지 않고 연속극만 보시니 알 수가 있나
고추 값이 폭락한 것을 알리가 있나
아직도 고추 값이 폭등인 줄만 아시고
밭 타령만 하신다

긴급조치가 필요하거나 불가능 하죠
계절의 규칙은 바뀌지 않아요
빨간 구두가 날아가지요
빨간 코트 날아가지요
계절은 돌아가고 돌아오지만
바뀌지 않아요
할머니
숫자는 달력을 만들지만
달력은 숫자를 만들지 못해요

매일 손질하는 주름 드라마 속에서 퍼진다
오늘도
고추 값은 폭락하는데

곰팡이

추억을 만들어 놓았던 정情도
핸드폰이 물고 있던 숫자도
곰팡이가 피었다
사라지기까지
빛을 찾아다녔다
삭제란 말이 돌아 돌아서 온 길에
빛을 달고 오던 날
숫자가 살아났다
폰이 울었다
삭제라는 말을 삭제하기까지
늘 입속의 혀는 빛을 찾아 다녔다

마이너스 통장

고지서만 쌓여 있다

좁은 공간을 맴도는 먼지바람 출근도 퇴근도 없다
저 혼자 뒹굴며 현관을 지키는 구두 피가 돌고 돌아
닳아버린 시간 속에 발 멈추고
마이너스 통장을 돌리고 돌린다
미래는 술병에 갇히어 밤낮없이 울어댄다
길은 집안에 없다고

쓸쓸한 밥상이
허물어지지 않으려고 뇌 속 불쑥 불쑥 불이 켜지는
걸어온 발자국 자국마다
질긴 날들이 우거져 나온다
술잔 속에 안개를 풀어 놓은 채

꿈속에서 꿈이 걸어 나오는 아침
화려한 외투를 벗어버리고
시리도록 투명한 햇살 되어 돌아오는 저녁을 안아주리라
일그러진 날들을

누가 저 많은 섬을 만들어 놓았나요

빗소리 잠을 자지 않은 날
도시 속에 섬을 만들어 놓았지요
물에 둥둥 떠 있는 가구들도 집을 찾아 헤매고
시커먼 기름덩이 떠돌아다니면
흉흉한 소문이 난무했던 그들을 쫓아내기 위해
사람들은 햇살에게 편지를 썼지요

섬이 사라진 날
곰팡이들이 집집마다 이사 왔죠
아무리 땅굴에서 나가길 원해도 사라지지 않는 곰팡이들
진을 치고 무한 번식을 해 전쟁을 했죠
서로 양보할 수 없어 함께 살아야 했던
퀴퀴한 냄새와 복잡한 색
날마다 꿈을 꾸었지요
서로가 이사 가길
구름이 몰려온 날이면 도저히 참을 수 없는 향기
푹푹 익었던 그날 못자국은 늘 피어나죠
긁을수록 상처는 솟아올라요

길

길을 가다 보면 누구에게나 두 갈래 길이 있다
어느 길을 선택해도 후회는 남을 것이다
자신이 선택한 길이라면 후회하지 말자
되돌아갈 수 없는 길이 아닌가
우리가 살아가는 세상에서
자신이 원하든 원하지 않든
걸어가야 하는 길이 있다면
그 어떤 길을 만나게 될지라도
괴로워하거나 슬퍼하지도 말자

되돌아갈 수 없는 길이라면
되돌릴 수 없는 길이라면

숲

시인의 숲에는
아름다운 음악이 있습니다

눈물을 흘리지 않는 음표
날마다 알 수 없는 꿈을 꾸곤 합니다
사랑 추억 아픔을 쏟아놓는
울창한 숲속

괴롭고 쓸쓸한 날에는
가슴에 건반이 울어
슬픈 악보를 만들어 놓기도 합니다

삶이 숨쉬는 나무 이파리
바람이 툭 치면
푸른 물감을 쏟아
또 하나의 아름다운 연주가 시작됩니다

꽃

늘 피어있는 꽃은 없다
누구에게나

창문 흔들리는 소리

오늘이 행복하다고
외로움이 찾아들지 않는 것은 아닙니다
즐거웠던 순간들이 있다고
메밀꽃 향기가 지지 않는 것은 아닙니다
별빛이 쏟아지는 골목길이라고
이별의 두려움이 없는 것은 아닙니다
가을이 오는 소리에
단풍이 물들지 않는 것은 아닙니다
그리움이란 눈 속에서 피어나는 것이라고
누군가 말을 했듯이
갈잎 뒹구는 소리에도
창문 흔드는 소리에도
우리가 그리움을 느끼지 않는 것은 아닙니다

계절의 뒷모습은 아름다움이지만
외로움의 뒷모습은 그리움입니다

달거리와 열쇠

아랫집 새댁은 삼십이고 윗집 여자는 오십이다
두 달거리는 싱싱한 밤마다 밤을 증오한다

아들은 문이 없다 딸은 문이 있다
문이 있는 딸을 낳았으니 또 아들을 낳아야 한다
아들은 문을 열 수 있는 열쇠를 가졌기 때문일 것이다
딸은 문만 있고 열쇠가 없어 문을 열지 못하기 때문이다
요즘은 숫자로만 문을 열 수 있기 때문에
아라비아 숫자만 외우고 있으면
딸아이도 쉽게 문을 열 수가 있어
모두 아들을 포기하지 않았는가
그런데 아랫집 새댁은 그늘을 가지고 산다
아직도 열쇠를 찾지 못해 피가 잘 돌지 않아
얼굴은 쭈그렁바가지다
언제나 열쇠를 찾게 될지

달거리 없는 나를 부러워하며 달을 보고
달거리 속에 달 없는 달이 부러워 그녀를 달 속에서 본다

달거리는 달 속에서 죽고
달거리는 달 속에서 산다
네가 사는 세상 내가 사는 세상
자꾸 증발하고 있다

파티

얼룩을 밟은 그에게 사과를 달라고 울었다
여러 가지 후식 중에 사과는 없었다
거목에는 사과 농사가 잘되지 않는가보다
꼬옥 숨었던 그놈 참 지랄이다
문드러진 쓸개즙을 씹게 만든다
영혼의 무늬 더듬더듬 주워서 컵 속에 담았다
탈색된 봄 파김치가 되었다 명함을 찾아
흠집이 곱게 물들었던 끔찍히 눈멀게 한 불빛
붉었다가 파래진다 팔랑팔랑 흔들었던 잎들
모두 설거지를 해야지
생각이 뛴다 봄이 뛴다
불길한 밤을 재우고
잃어버리고 있었던 환각의 봄을 켰다
눈꺼풀은 열어놓고
하얀 백지로 볼펜이 걸어간다
경계선을 넘어 사과 농장으로

폭죽

어젯밤 붉은 꽃이 아파트에 펑펑 터졌다
난간에 매달린 아이들 흔들리는 다리
하늘은 뿔이 났다
헐렁한 공간을 죽이지 못한 주민들
잠을 자지 못한 구경꾼들 거친 목소리
움켜잡는 소문은 분리수거를 하지 못 한 채
팽팽 돌아간다
집집마다
어느 것 하나 엉키지 않는 것이 없다
닫힌 문들
아침 뉴스가 우울증에 걸렸다
길을 빨리 열어 주지 못한 하우스 주인들
건강진단을 받아야 한다는 말에
많은 폭설이 내렸다
어느 곳이나 붉은 꽃은 피어나고
소방차는 날 수 없다
펌프질하자 새벽 찌그러진 비명

풍선

설렘과 기다림이 교차할 때마다
괴로운 고통이 동반되는
내 사랑 풍선이다
하늘 높이 떠오르다
터져버린 풍선
조각조각 부서진
아픔이고 슬픔이다
눈은 불면의 늪에 빠져
아름다운 시간을 만드는
한낱 꿈이다

소낙비 뿌린 뒤
잠깐 무지개가
비추다 사라지고
비를 맞는 나뭇잎만
시퍼렇게 살아난다

친구

진실한 친구를 원하십니까
당신은 상대에게 얼마나
진실한 마음을 보냈는지
먼저 한번 생각해 보세요

진실한 친구를 얻으려 하십니까
상대에게 진실을 논하기 전에
자신은 상대에게 얼마나 진실했나를
한번 깊이 생각해 보세요

자신 스스로 알게 될 것입니다

자신이 상대에게
마음을 주지 않았다고 생각이 들면
그 또한 마음을 주지 않았을 것입니다

선물

스타킹 속 무지개가 가득 담겨있는 줄 알았다

조용한 밤 다시 한번 들여다보니
무지개는 없다
숭숭 구멍이 난 마음만 가득할 뿐
아마도 겨울에 소낙비가 오지 않아
무지개는 뜨지 못했나 보다

진실 없는 진실인 양
빈 웃음을 웃는다

비

우산이 되어준 그는
온데간데없고
찢어진 우산만 현관에 굴러다니네

핸드폰

매일 매일 울리던 벨소리
이젠 울리지 않는다
그 시간이 되어도
핸드폰은 말이 없다
무엇 때문인지 알 수 없지만
가끔 벨소리는 울어도
그 숫자 그 목소리는 없다

벨소리 없는
겨울은 잔인했고
유난히도 추웠다
많은 시간이 지난 지금
어쩌다 벨소리는 울려도
숫자도 없고 목소리도 없다
아무리 전화를 열어 보아도

흔들린다

늘 흔들리며 산다
너도 나도
흔들리면서 성숙해가고
흔들리면서 늙어간다
나
오늘도

레코드

어느 날 문득

어디론가 떠나고 싶어질 때
세월을 이기지 못하는 육신
그늘 밑에 잠깐
마음을 내려놓고
뻐꾸기 울음소리가 들리는 곳에서
따뜻한 차 한 잔일지라도
마음을 담아 마실 수 있다면

노을 지는 밤
외로움이 엄습해 오는 날
늘 듣던 음악도 누군가와 함께 듣고 싶어질 때
가슴속에 묻어둔 추억들에게
문을 두드려본다

그와 나의
레코드판이 돌아가고 있다

번개가 치고 있습니다

어젯밤 그와 나의
전화선이 벼락을 맞았습니다

바람이 불고
비가 울었습니다

내가 가꾸었던 정원에
하얀 장미꽃은
벼락을 맞아 핏빛으로 물이 들어
바람에 흩어지고 있습니다

그의 눈빛
그의 입술
그의 뜨거웠던 가슴까지
하루 종일 벼락이 되어
나를 때리고 있습니다

내 가슴은 갈기갈기 찢어져
붉은 장미꽃으로 피어나고 있습니다
위태로운 사랑이 끝나는 날
비는 울고 있습니다
천둥 번개도 온종일 치고 있습니다

더부살이

길었다고 생각한 마음은
심심풀이 말에 자국을 만들었다
더 위험한 것은 무늬로 새겨졌다
공기가 칼이 될 때마다 심장은 공기를 찔렀다
순수한 마음은 반점이 찍히고
증오라는 말을 만들었다
마음 훔친 냉랭한 공기 주위를 맴돌면
전혀 다른 맥락에서 또 하나 공기가 생겨난다
통하지도 않는 통속에 들어가면
고드름이 가득하다
반질반질한 그릇은 오해를 해독할 약을 찾지 못했다
구별 짓기 어려운 칼과 공기
오늘을 발화하면
더 위험할까
차가운 공기는 옷을 벗기지 못한다
따뜻한 공기만이 옷을 벗길 수 있듯
이제 그만 무늬를 만들자
바람 없는 햇살에다 공기를 풀어보자

거품

너의 길도
나의 길도

영원한 것은 없더라

꽃이 지네

책장 속
누렇게 바래버린
책갈피에
갖가지 나뭇잎
상처 되어 박혀있네

추억 한 자락
새 옷처럼 빛나지만
봄비 속에
꽃이 지니
서러워 우네

어느 물에 가도 물은 물이다

깊고 얇은 차이만 있을 뿐
어느 곳에 가도 물은 물이다

물속에는 알 수 없는
파도와 이끼 많은 생명체가 살고 있다는 것을
지천명이 되어서야 알았다

이 물이나 저 물이나
어느 물에 가도 물은 물이다

개울은 개울대로 강은 강대로
바다는 바다대로
물속에는 늘 알 수 없는 생물체가 살고 있다

김밥

목메는 김밥
신들린 사람처럼 살아가다 보면
부서지고 깨지고 벗겨지고
소금기가 되었을 때
벗어놓고 싶은 마음
날개 돋아나
떠나버리고 싶어지는 날
좋은 날 있겠지
생각하면서 산다
오늘이 지나면 내일이 오겠지
생각하며 살아도
내일은 없고 날이 새면
늘 오늘만 있다

봄

바구니에 봄볕을 담아왔네
봄봄 봄이 놀러 왔다네

우리 집 밥상에 봄이 피었다네
냉이 달래 봄동

빛을 밟고 왔다네

단풍

문득 잊고 있었다
지울 수도 버릴 수도 없는
그리움 하나
확인하지 못한 사진첩을
하나하나 넘겨본다

불면으로 쌓아놓은
시간들
끝내 정리할 수 없어
가을에게
편지를 쓴다

늘 얼룩을 만들었던
가을은 아름다웠노라고
말하고 싶다

숲은 말을 한다

여러 가지 모양을 한
나무의 본 모습을 알 수 있는 계절

봄 여름 가을 겨울
알몸이 된 나무를 보면
그 나무의 본질을 알 수 있다

늘 아름답다고 느꼈던 나무
겨울엔 볕이 없고
여름엔 그늘이 없어 쓸쓸하다

후들거리는 깨달음
마음 접어 돌아서는 바람 소리

숲이 아름답다고 느껴지는 것은
많은 나무가
저장해 놓은 기억을 풀어
봄을 부르기 때문이다

작은 여행

먼 길이다
가는 곳마다
바람 이니
마음 둘 곳 어디던가

비눗방울 속
우주를 담아
작은 여행을 떠난다

날마다
날마다

휴가

혼자가 싫어도
혼자 간다
누구나
다른 세상으로
여행을 떠나갈 때

강

너에게 가려고
강을 만들었다

너의 눈 속에
내 눈이 담겨
너를 지켜볼 수만 있다면

눈 나리는 밤
시리도록 눈을 밟고
강을 만들어 보련다

겨울이 불러 가을은 슬프다

가을은
나에게 아름다운 시간을 만들어준다
모든 것을 벗고
길 위에 길을 걸어가며
잠시 주어진 시간들
얼마나 잘 살다 가야 할지
한번 뒤돌아보게 하는 계절이다
가을은 나에게 말을 한다
노을이 지는 순간을 생각하라고
길 위에 길 속을 걸어보라 말한다
떨어지는 낙엽을 보며
모든 사람이 아름답게 느낄 수 있는 것은
생명을 잉태하기 위한 겨울이 있기 때문

가을은 늘 아름답다

갈대

갈대는 늘 가만히 있고 싶어 한다
바람이 불어 움직일 뿐이다

차가운 바람은
갈대를 멍들게 하고
명치끝이 아파오는
괴로움을 밤마다 겪게 한다
아름다운 풍경 만들어 보려고
노을을 불러오는 바람에게
흔들리는 갈대

바람에게서 자유롭고 싶어
오늘도 울고 있다

햇살

햇살이 좋은 이유는
구름과 바람이 있기 때문이다

시간은 간다

나무 이파리 바람이 툭 치면
또 하나의 아름다운 연주가 시작됩니다
많은 풀은
수많은 문장을 만들어 놓습니다
인연이란 말과 함께 문장들이 춤을 추곤 합니다
어느 날 문득
이별이란 문장이 찾아오면 심장은 뛰어다닙니다
문장 속에 문장을 밟고 다닙니다
심장에 붉은 꽃들을 태워버리고 싶어
날마다 붉은 연주를 합니다

詩2
별을 타는 밤

별을 타는 밤

오페라 막이 열린다
타박타박 툭탁 톡탁
심장을 뛰게 하는 오페라 공연
구둣발이 등장을 하면
설핏 잠이 들다가도
숨을 죽인다
누가 훔쳐볼까
발랑 발랑 두근두근
심장을 찢는다

술 고놈 술을 돌게 하고
밥값은 밥상을 돌게 하고
구둣발은 단짝을 돌게 하며
정 없는 정이 뼛속에 굴러다니는

공연은 쉽게 끝나지 않는다
밝은 밤이다

시계 바늘은 늘 움직인다

음악과 커피와 뒤엉켜 노는 날
핸드폰이 울었다 그녀가 울었다
이제 고생이 끝났다고 좋아했던 그녀
또 다른 숙제가 기다리고 있나 보다
그는 절규한다
우리의 삶이란 누구에게나
원하지 않아도
걸어야 할 길이 있는 것 같다
한참 시끄러웠던 전화기가 몸살나 잠자는 거실
나와 가구들은 잠을 자지 못하고 서성거렸다
벽에 걸려 쉬지 않고 일하고 있던 시계가 말한다
열두 시에 있을 때 잘 살아야 한다고
여섯시에 내려갈 때를 생각해서

잠깐 쉬었다 떠나야 할 우리가 아닌가

시계바늘은 늘 움직이고 있다는 사실을
그는 알지 못했나 보다
푸르름을 자랑하는 신록도
순간순간 색이 바래지고 있다는 것을

겉과 속

떠도는 바람이 밤새 가시가 되어 나를 찔렀다

칡넝쿨이 뇌를 감아가듯
눈을 감아도 훤히 보이는 세상
이면이 출렁이는 삶
화려한 외모 뒤 일그러진 모습
덕지덕지 붙어 있는 사악함
진실인 양 허상만 쫓는 욕망
냄비 속에 끓고 있는 비뚤어진 마음을
내 눈동자 속에서 보았다
목마르게 갈구하는 삶
부딪히는 울림 끝
벌떡 일어서는 소용돌이
마른 침묵의 바람
만져지지 않는 존재
그 허허로운 빗장

소쩍새

굳이 잊으려고 하지 말자
이슬을 털어내듯이
아름답게 토해내는 소쩍새도
안으로 안으로 삭이며 천년을 참고 살아가는데
지나간 시간 미련 두지 말자
아침 이슬이 그립다고
가슴속에 가두어 두지 말자
피었다 사라지는 꽃잎들처럼
아름다움이 가슴에 남아 숨 쉬고 있듯

겨울비는 소리도 없이 내리지 않는가

외출

예고 없는 빛은 아직도
채 녹지 않은 창
성에를 뚫고 들어선다

젊은 날의 언어를 가두었던 지하 방
단풍이 핀 궤짝 속
누워있던 활자 쉼표 마침표
하나 둘 걸어 나와
불쑥 물어온다 무지개를

볼펜

긴 터널을 지나가라
아무도 말한 적 없다

자꾸 구겨지는 마음
구석에 숨어 있어
누구도 알지 못한다
굴러다니는
낙엽인줄만 안다
막막한 벽
낙엽은 벽을 타지 못한다

문장과 문장을 뚫고 나가
직진만 하라는 냉혹한
빛을 묶어 본다
어둠은 빛을 찾아다녀도
빛은 어둠을 찾지 않는다

알았네

비를 맞는 숲이 더욱 아름다운 것은
비를 맞고 피는 꽃을 보면 알 수 있다네

괴로워하지도 슬퍼하지도 말자

외딴집
국화 향기 잃어가는 밤이다

문을 열지 못하고 문에 둘러싸여
냉기가 감도는 습기 찬 곳에서 소리 없이
보이지 않는 그를 보기 위해
입김이 가득 퍼진 책장을 넘겨본다
이 시간이 남김없이 바스러질 때까지
울음도 끝끝내 내려놓지 못하고
오색 빛 출렁이는 밤
그를 만나지 못하는 것을
괴로워하지도 슬퍼하지도 말자

죽어서
내 육신을 불사르고 재가 되어
그대 가슴속에
퍼렇게 살아나리라

연필

자신을 깎아내지 않으면
아무런 쓸모가 없다
글씨를 쓸 수도
선을 그을 수도 없다

정성껏 깎은 연필만이
가장 가는 선을 그을 수 있는 것처럼
자신을 다스리는 노력을 하지 않으면
황무지 속에 사는 것과 똑 같다

지금 힘들고 지쳤다고
씨앗을 뿌리고 땅을 일구지 않는다면
미래는 쓸모없이 굴러다니는
몽당연필이 되고 말 것이다

잘 깎아지지 않더라도
정성 들여 깎다 보면
여러 가지 아름다운 선을 그릴 수 있을 것이다

올해 씨앗 하나 제대로 심었으면

포스터 얼굴들
아무도 초대한 적 없다
첫 공연이 있는 날
공약들은 튕겨져 나가고
벌어진 입은 풍선만 불어댄다
믿는다 믿지 않는다

오랫동안 금배지에 밟히고 밟힌 사람들
투명한 믿음에 바가지 쓴 심장
열기가 식기도 전에

전단지마다 공감빵이 쏟아진다

피가 썩고 있다
세금이 썩고 있다
땀을 빨아 먹는

포스터가 찢어진다
금배지가 떨어진다

햇살은 그림자를 만들어도
그림자는 햇살을 만들 수 없다

단어들이

시가 갇혔다
컴퓨터 문을 열고 나오지 못하는 이유
단어를 생산하지 못하기 때문이다
날마다 날마다
고장 난 뇌 속을 수술해 본다
사라진 단어를 찾아다니는 세포들은
오늘도 길을 잃어버리고 헤매고 헤맨다
언어가 사라진 숲속에
일을 멈추지 않는 시계는 없다
단어들이 자라나지 않는데

카톡

오래 삭은 묵은지들
시간을 죽이려고 만났던
그가 노래방 불빛을 잡고 울었던 날
우리들의 가슴엔 꽃샘바람이 불었다
톡 톡 카톡은 말을 한다
그가 다른 세상으로 갔다고
깊고 넓게 침묵한 언어들 한숨을 쉬었다
강원도 봄이 아무리 헐떡거려도
그는 다시 피지 않는다
카톡 소리도 들리지 않는다
노래방 불빛이 돌고 돌아도

찔레꽃

삼월은 가고
사월이 피네
체온 없는
그가 가네
맑디맑은 빛깔을 물고
수많은 밤
잠재울 수 없었던
언약은 지고
봄볕이 가고
꽃은 피네

섬

우리의 삶이란
푸르른 날들만 있는 것은 아니란다
심장이 펄펄 끓는 날도
가슴이 저려오는 날도
외로움이 은빛처럼 빛나는 날도 있는 거란다
너와 나의 거부할 수 없는 삶이고 인생이란다
심장이 모닥불처럼 타들어가는 날도
시간이 지나면 어느새
조금씩 사그라지고 있다는 것을 알게 된단다
누구나 다 상처 없이 살다가
떠나가고 싶은 거란다
순아야
우리들은 섬 속에 있는 거란다

녹음

서로의 눈빛 결합되지 않습니다
시월의 달이 잔인해
입을 던집니다
마음은 지하 창고에 가두었습니다
걸어온 많은 길
유리컵 속에 있었다는 것이 서러웠습니다
깨진 유리컵 우는소리
재생되지 않습니다
너무 긴 날이 서러웠습니다
다시는 시간을 찾을 수 없습니다
영화의 한 장면을 처형 합니다
마음이 잘 편집되지 않습니다
유리 조각이 언제 무뎌질지 몰라
겹겹이 녹음된 테이프를 풀어냅니다
펄펄 끓었던 봄을

눈

하얀 꽃 아름답다고 말은 하지만
사람들은 자꾸 자꾸 발 먼지까지 달고
밟고 밟는다
참 이상한 세상이다
밟힐 때마다 눈이 녹아 땅은 얼룩져있다
흰색은 밟아야 없어지기 때문일까
참새는 파르르 눈을 털어내고
바람은 순수를 털어낸다
흰꽃은 좋아해도 흰색은 싫은 것일까
살펴보니 흰색은 눈물이라
다들 싫어하는가 보다

햇살이 눈을 녹여 아무리 맑은 물이 되어도
눈물[雪水]이 지나간 자리엔
얼룩이 남기 때문일까

별은 하늘에 있고

물어뜯은 흠집
찢기는 살점은 파랬다
기록을 잡아먹는 벌레는 없겠지
한 장 한 장 들쳐질 때마다
속살 아스팔트에 널어놓는다
그래도 부위는 가려 주었으면
몇 점의 살점은 남겨 놓았겠지
직선의 마음 내려놓고
곡선으로 갈까
별은 하늘에 있고
번번이 쌓이는 문신들
자음과 모음 입술을 흔들었다
내부를 뜯어내지 못했다
별을 따지 못해서일까
불면을 잡아먹는 밤은 땅에 있다
별은 하늘에 있는데

못생긴 나무

아무도 관심 한번 가져준 일 없는 나무
폐가 썩어가도 아무도 알아보는 이 없었다
온몸이 퉁퉁 부어올라 뿌리까지 썩은
그는
하소연 한번 하지 않았다

언제 쓰러질지 모른다는 의사의 말을 들은 순간부터
나무의 고통보다 서로의 불편함을 먼저 생각했다

어찌 살 거나 어찌 살 거나
아우성치는 형제의 행복을 쥐고 떠난 못생긴 나무

올여름부터 따가운 햇볕을 피해
쉴 곳 없다는 것을 깨닫는 순간
그 나무 그늘이 얼마나 소중한 것이었나를 알게 되었지만
이제 그는 어디에도 없다
온 가족이 아무리 그늘을 찾아 헤매도
그 그늘은 없다 아무리 계절이 바뀌어도

언제나
소중한 나무로 숨 쉬고 있다

건드릴 때만 순간 켜진다

실금 간 거울 속 놀고 있는 아이들이 빚쟁이다
빚을 얼마나 갚고 얼마가 남았는지
무수한 실금을 잔뜩 움켜쥔
허기진 풍경을 만든 까닭이다
뜨거운 태양과 거래를 잘못한
그늘 밑에 숨어 분량 제한 없는 루주가 번진다

치밀한 사랑도 없다
치밀한 이별도 없다
치밀한 만남도 없다
건드릴 때만 순간 켜진다

산소가 부족해 공기가 떠나고 싶어
질겅질겅 하루를 씹는다
허물을 챙긴다 빈 그릇도 아닌데
보푸라기가 핀다 새끼들이 핀다
잊고 살아온 문장 난무했던
끈 풀린 구두 묶어준 일 없다

비는 울어도 바람은 말이 없다

모두들 자기 할 일 잘도 하는
이 가을에 나는 그냥 그렇게 산다

발자국이 새겨지지 않는 길 위 굶주린 사랑
문득 세상이 슬퍼질 때 꿈을 안주 삼아 시를 쓴다
바람과 함께
해는 잠을 자러 가고 없는데

아름다운 슬픔 벗어나기 위한
계절은 주소 없이도
잘도 찾아 오고 간다
빈 벤치 위에

풀각시 방

햇살을 물고 왔던 당신은
시월의 문을 열고 들어온 바람
수신을 원하지 않아도
단풍잎들이 차곡차곡 쌓여있는 편지함
지나간 가을에도 얼룩으로 묻어버린
메일함을 비웠지
우리들의 시간들을 비워 두었던
휴지통을 클릭하지 못하는 이유
내 맘속에 산재해 있는
풀 각시방이 있기에
나는 단풍이 쌓여있는
메일함을 또 클릭한다
낙엽 구르는 소리에

후유증

핸드폰 진동이 심장에 펌프질 한 날
천둥이 치고 비가 쏟아진다
참 어이없는 말의 문신이
가슴에 새겨지는 순간 온몸에
단풍이 피기 시작한다

가끔 핸드폰에서 들려온 목소리
단풍 잎들이 다 떨어질 때까지
핸드폰에 갇힌 그의 숫자는
긴 겨울잠을 잔다

시간이 길어지면
기억은 엷어진다
분노한 날도

그 어디 있더냐

비바람이 몰아쳐도 흔들리지 않는 나무가
그 어디 있더냐
비를 맞지 않고 크는 나무가
그 어디 있더냐
그 어떤 나무도
비를 피할 수 없듯이
우리들의 삶 또한
바람과 비와 햇살 없이는 살 수 없다
희생 없이는 그 어떤 행복도
얻지 못하는 것이다

비 없는 숲은 시들어버릴 뿐이다

밀밭

달을 이고 거닐던 당신은
누렇게 익은 밀처럼
익어갑니다
시간이 길어질수록
바람이 불면 파도가 일어나
청명한 하늘도
심장을 누렇게 찔렀습니다
밀밭에
정을 걸어 놓고
달을 걸어놓고

그가 갑니다

사람이 사람을 좋아하는 이유

내가 그대를 사랑했던 이유는
그냥 사람이 좋아서이지요

아무런 이유도 조건도 없답니다

사람이 사람을 좋아하는데
무슨 이유가 있나요

그대를 처음 본 순간 아무런 이유 없이
그냥 좋아했고 사랑했을 뿐

무슨 이유가 있나요

그런데 당신
사람이 사람을 좋아하는데
무슨 이유가 필요한지요

그대 마음을 알 수 없군요
사랑의 감정이
이유가 있어야 생겨나는 건가요

어느 날 우연히 오는 것이 아니던가요

그대는 사랑하는 감정도 없이
무슨 이유로 사람을 만나러 다니는지
정말 알 수가 없군요

사람이 사람을 만날 때
진실을 가지고 만나야만

당신이 원하는 모든 것을
얻게 된다는 것을 알고 있는지요

가슴에 자라는 불씨

상처가 가슴에 많이 쌓이면
가슴에 불씨가 자라난다
조그만 일에도
벌컥벌컥 화를 뿜어댄다

자신의 심장에 불을 다스리지 못하면
주위를 태워버리는
불이 일어나
더 많은 상처와 아픔이 남는다
불 속에 불은 운다

불은 불을 끄지 못한다
물은 물을 끌고 가지만

가슴에 상처를 쌓아두지 말라
그때그때 쏟아버려라
불이 나면 재만 남을 뿐이다

재개발

퍼렇게 멍이 든 날 장미는
재개발에 뽑혀 이사 왔어요
새로운 곳이라 뿌리가 잘 자라지 않았어요
마음 하나 열 때마다
믿음 하나 잘려나간 자리 흉터가 남아
장미나무는 빨갛게 물이 들었어요
삐죽삐죽 자라나는 가지들
누구도 좋아하지 않았어요
파랗게 빛나던 잎들이 얼마나 많이 파랗게 죽어야
사람들이 좋아하는 모습으로 자라날까요
가지를 칠 때마다
잎이 무성한 나무를 보며
몇 살이나 되었을까 생각했어요
오십이 넘은 나는 아직도
가시에 한 번씩 찔릴 때마다
장미처럼 시퍼렇게 가시가 돋아나
오월의 담장을 올라가네요

왕자는 집이 없고 공주는 집이 있다

나는 나를 팔려고 시장에 갔다

겉모습은 강했다 속 모습은 힘이 없다
그래서 아 보톡스 값이 올라간다
날마다 칠을 한다 옆집 여자는
쌀은 물을 씻고 물은 쌀을 씻는다
포장지 안에 있는 내용물은 아무도 알지 못한다
어떻게 설명할 수도 없다 본 적이 없으니
겉 포장지가 아름다우면 비싼 값을 지불한다고들 한다
긴 겨울을 판다 옆집 여자는
혼자라는 긴 겨울을 알지 못하기에 전세를 들어가고 싶어 한다
왕자가 살고 있는 전세 전세를 찾아 헤맨다
포장하는데 시간을 소비 한다
심장이 끓어 치솟는 분수를 손에 들고서
장미는 뻗어간다 담장 위로

집요한 주름살이 따라 다닌다
전세 값도 미행을 한다 집요하게
천장에 매달린 전등이 피곤하다고 말한다
불빛과 불빛 사이에서 일어나는 일들이 피곤하다고
전등은 켜지고 싶다고 말을 한다

나는 시장에 간다 주름을 팔러

포장지

포장지가 아름다우면 많은 사람들에게 사랑을 받는다
또한 예쁜 포장지는 받는 사람에게
미소까지 흘러나오게 하는 마법을 가지고 있다
우연한 날 포장지가 찢어질 때
그 내용물을 보고 사람들은 실망을 한다

포장지가 화려하면 화려할수록 보잘것이 없었다
겉과 속이 다르다는 것을
많은 선물을 만나면서 알게 되었다
이상한 습관이 생겼다
예쁜 선물을 만나면
포장지 속에 무엇이 들어 있을까
한번 생각을 해본다

포장지가 아름답다고
그 내용물이 아름다울 것이라고 생각하지 말라
포장지가 예쁘지 않다고
그 내용물까지 형편없는 것은 아니다

많은 선물을 만나고 알게 되었다
속과 겉이 다르다는 것을

손님

삶이 지나간 자리에
상처와 아픔
알차고 풍성한 열매는
정직하고 진실한
마음속으로 남길 바란다

새가 나뭇가지에
잠시 앉았다 가는 것처럼
언젠가는 사라질 단풍들이 아닌가
잠시 왔다가 가는
한낱 여관방 손님들일 뿐인데도
저마다 지나간 자리에
기억을 남기려 한다

그 나뭇가지에 앉았던 새들은

풀잎

당신은 마른 풀잎입니다
파삭 파삭 거립니다
가을을 밟고 가기 때문입니다
그러나 가을은 겨울을 가기 위한 길목이랍니다
하얀 꽃들이 만발한 숲속으로 걸어가고 싶지 않으십니까
마음을 비우고 가만히 벤치에 앉아
지나간 시간을 한번 생각해 보세요
가을은 풍성한 열매만 있는 것이 아니랍니다
겨울이 다가오는 것을 잊으면 안 되는 것이랍니다
활짝 웃는 봄을 맞으려면
오래 참고 견뎌야만 해요
풀잎 더욱 푸르고 잎잎에 맺힌 이슬방울은
온 우주를 담아낼 수 있기 때문이지요

계곡물은 노래를 하며 내려가고 있는데
나는 왜 올라가야 하는가
가만히 물소리를 들어 보세요
아름다운 연주를 할 수 있는 시간들이 얼마나 남아 있나를

폭설이 내렸다

비방 거짓으로 물들어버린
탐욕 덕지덕지 포장한 공약들
집집마다 전단지 속에서 내미는 얼굴
봄 햇살이 된 양 도도한 미소
부풀대로 부풀어 줄줄이 걸어 나온다
누가 호명을 했을까
벽보마다 이름표 달고 도배한 미소가
담벼락 뒤엉켜 서로 비벼댄다
마음껏 부풀어 올라
당당했던 벚꽃도
회오리 지나가면
와르르 떨어진다

금배지가

벽이 갈라진다

언제부터인지 알 수 없지만
이쪽저쪽 문을 열고 닫는 문이 다르다
뇌세포가 늙어 기억을 상실한 것일까
구석구석 페이지를 뒤적거려 보지만
길 찾지 못하는 것도 아니고
말이 통하지 않는 것도 아니다
거실이 서먹서먹한 서재에
마음조차 섞이지 않는 밤
신문지를 뒤적거리는 소리 또한
새삼스레 시끄럽게 느껴지는 시간
벽이 갈라지는 소리에 밤은 잠을 자지 않는다

팔팔 뛰는 도미

한 번도 와보지 않았던 공간
어색해 얼굴에 단풍이 피기 시작한다
질문과 질문
까맣게 잊고 있었던 단어를 쉽게 찾지 못한 채
낡은 뇌는 길을 잃고 헤맸다
퍼런 바다에서 밴댕이 하나 붙잡았다고
품위를 치장하는 도미
밴댕이 소갈머리들 나를 다 안다고 말하지 마
밴댕이 소갈딱지라고 부르지 마
회를 쳐 입속에 씹히는 고통을 알지 못한 채
웃음 하나씩 들고서
통 불경기를 모르는 허세란 놈 식욕이 왕성하다
팔팔 뛰는 도미 너 또한 도마 위 올라가면
많은 사람들 입속으로 들어가 씹히고 만다
폐기 처분하지 못한 허세란 놈
마지막 달을 밟고 흩어진다
도미와 도마는 본디 사촌지간이다
이 친척 관계를 이간질 하는 인간의 식욕

시행착오

남의 도움을 받는 것을 좋아하는 사람은
남을 도와주는 것을 모른다
남의 도움을 받는 데 익숙하면
주는 사람의 고통을 잘 알지 못한다
모르기 때문에 또 희생해 주길 원한다
주지 않는다고 불만이 많다
노동의 고통을 모르고 절약의 고통을 모르기 때문이다
남에게 나누어 주는 것은
나누어주는 만큼 먹지 않고 입지 않고
쾌락의 세상을 포기한 것이라는 것을 모른다
그냥 남는 것을 창고에 쌓기가 힘들어 준다고 생각한다
남에게 나눔을 잘하는 사람은
남의 것 또한 피같이 소중하다는 것을 안다
받는 것만 알고 주는 것을 모르는 사람은
피의 색깔을 잘 이해하지 못한다

주고받을 생각 하지 말라
증오가 생산될 것이다

童詩
아이스크림

이사를 와 외로웠던 나
외로울 때마다 산에 올라가
구름을 타고 꿈속으로 날아간다

할머니와 함께 살았던 외갓집도 가보고
친구들과 함께 놀았던 그곳에 바람을 타고 날아간다

어느 날은 해님을 따라가 보기도 하고
비가 오는 날이면 무지개를 타고 날아가기도 했던
추억이 잠자고 있는 곳

친구가 그리울 때마다 나뭇잎을 타고 날아갔던
그곳의 이야기를 보여주고 싶었다

이제 내가 살았던 동화 속으로
초대하고 싶다

구름을 타고 무지개를 보러 오지 않겠니

그림자

작아졌다
길어졌다

요술쟁이

햇볕
달빛
따라다니는
그림자
나는 싫어

신발 벗고 마루에 올라서니
어느새
내 앞에 먼저 와 있네

사과

아빠가 엄마에게
뽀뽀하면
우리 엄마
얼굴은 빨간 사과가 돼요

우리 아가 웃으면
예쁜 입술이
빨간 사과 같아요

누나가 화를 낼 때면
얼굴엔
파란 사과 빨간 사과
주렁주렁 열리지요

우리 집엔
언제나
빨간 사과
파란 사과가 많아요

해도 이사 하나

해는
산속에 집이 있나봐
나와 함께 놀다가
저녁이면
산을 타고
간다네 넘어간다네

해도
나처럼 이사 왔나 봐
바다로 이사 왔나 봐

아침이면
파도 타고 걸어 나와
나와 함께 놀다가
저녁이면
간다네 파도 타고 간다네
집을 찾아
간다네 파도 타고 간다네

달

내 주위엔
달이 많다

학교에 가면
내 짝꿍 얼굴이 달

우리 동생
엉덩이도 달

우리 아빠
배도 달

고추

시골에서 할머니가 오셨어요
할머니는 나를 보고 말했어요
집안에 고추는 없고
조개만 있다고 말했어요
나는 화분에 열려있는
빨간 고추 파란 고추를
할머니께 따다 드렸어요
할머니는 화를 내시며
나에게 군밤을 주었어요
응 참 이상하네
할머니가 좋아하는 고추인데

일기장

비밀이 숨겨있어요
아무에게도 말하지 않았던
비밀이 숨겨있어요
성민이와 나와의
비밀이 숨겨있는 일기장도
나와 함께 이사를 왔어요
성민이만 남겨놓고 이사 왔어요

우리 집 텃밭

엄마와 내가 심어놓은
상추 고추 토마토
비가 한번 올 때마다
쑥쑥 자라나네요

엄마가 말했어요
우리 아가는 언제나 자랄까

나는 아가 머리에
물을 뿌렸어요
쑥쑥 자라나게
상추 고추처럼

아가는 크지 않고
으앙 으앙 으앙
울기만 하네요

천둥소리

어젯밤 우리 집에
천둥이 쳤어요
아빠가 한번 천둥소리 내면
엄마도 한번 천둥소리를 내요
동생과 나는 무서워
으앙 소리 내며
소낙비를 안고
꿈나라로 가요
천둥소리 없는
꿈나라로 가요

비 온 뒤 가을 산

다람쥐야

하늘은 누가 닦았을까

나무들에게
누가 옷을 사다 주었을까

빨강 옷
파랑 옷
노랑 옷

나처럼 엄마가 시장에서
사다 주었을까

시골

논에는 허수아비가 살고 있어요
하루 종일 양팔을 벌리고
혼자 서 있어요
허수아비는 팔도
아프지 않는가 봐요
허수아비는 배가 고프지 않나 봐요
아무것도 먹지 않고 잘도 살아요

나는 배가 고픈데

눈

우리 학교에 선생님이
새로 오셨어요

선생님 머리에
하얀 눈이 내렸어요
아직 겨울이 아닌데
선생님 머리에
눈꽃이 피어 있어요

딸기

우리 집 텃밭에는
엄마 젖꼭지가
주렁주렁 달려있어요

내가 제일 좋아하는
딸기 얼굴도 내 얼굴처럼
깨 점이 송송 박혀 있어요

모과

바구니에 가득 담긴
못생긴 모과
책상 위에 앉아 있어요

모과 얼굴이
할머니 얼굴처럼 쭈글쭈글

반점이 많이 있어요
할머니 얼굴 닮았어요

개구리

우리 집 꽃밭에 놀러 온 개구리
나와 함께 놀았어요
친구가 되어 주어요
여러 가지 꽃들이 피어있는
꽃밭에 강아지도 놀러 왔어요
개구리는 엄마가 왔나 봐요
팔딱팔딱 뛰어가는 개구리를 보고
친구가 가는 것이 싫어 울었어요

신발

엄마 신발은
반짝 반짝
방글방글
아침부터 햇살을 따라다녀요

아빠 신발은
저녁이 되면 비틀비틀
먼지를 가득 싣고 헉헉거려요

화분

베란다 화분 속에
갇히어 있는
할미꽃
허리가 꼬부라졌네

우리 집이 아파트라
답답하다고
시골집이 그립다고
할머니 허리처럼
꼬부라졌네

별

별이 놀러 왔어요
우리 동네로 놀러 왔어요

아빠별 엄마별 아가별

매일 밤
자동차를 타고 다녀요

아가별은 자전거를 타고 있어요

이사

모래 위에다
동그라미를 그렸어요
영이 얼굴 하나
내 얼굴 하나
자꾸자꾸 동그랗게 그려 보았어요
친구의 얼굴이 잊혀질까
자꾸자꾸 동그랗게 그려 보았어요

아이스크림

우리 아빠는 집에 돌아올 때
아이스크림을 사다 주어요
아빠의 사랑이 듬뿍 담긴
달콤한 아이스크림
입안으로 들어갈 때
너무 덥다고
눈물이 주르르 흘러내렸어요

가을하늘

참새들아
너희들이 하늘에다
파란 물감 풀어놓았니

솜사탕은 누가 갖다 놓았을까

친구들아
나와 함께 먹으려고
하늘에다 올려놓았니

겨울

할머니 집 처마 끝에
고드름이 주렁주렁
하얀 고드름이 열려있어요
해님이 찾아오면
반갑다고 눈물을 흘리는
고드름 고드름 고드름
많이 열려있어요

앵두

우리는 할아버지가 살고 있는
시골집으로 이사 왔어요

우물가에 있는 앵두나무에
우리 동생 입술처럼
빨간 앵두가 주렁주렁

달콤한 앵두가 동글동글
두고 온 우리 오빠 눈물 같아요

음악회

계곡으로 피서 가는 길
해님 구름도 피서 가는 길
나뭇잎도 방글방글 웃고 있어요

계곡물도 풀벌레도 새들도
우리가 반갑다고
음악회를 열었나 봐요
아름다운 목소리로
노래를 불러 주네요

합창

비 오는 날이면
개구리는 노래를 불러요
개굴개굴 개굴
친구들을 불러 합창을 하고 있어요
온 동네가 시끄럽게 노래를 불러요
개굴개굴 개굴
모두들 목청 높여 노래를 해요
개굴개굴 개굴
누가 누가 잘하나

친구야

하늘에다 파란 색칠을 누가 했을까

친구야
조각구름 타고 와 네가 그려 놓았니

친구야
솔 솔 불어오는 솔바람 타고
네가 있는 곳으로 달려가고 싶단다

친구야
지금은 어디에 살고 있니

친구야

귀뚜라미

매일 밤 귀뚜라미는
내 방에 찾아와요
친구 하고 싶다고
노래를 불러요
우리 엄마 자장가처럼
노래를 불러요
귀뚜라미가 노래를 부르면
나는 스르르
꿈나라로 가요
꿈나라로 가요

거북이

우리 동생은
엉금엉금 기어다니는
거북이 같아요

거북이처럼
기어다니는 동생을 보며
엄마 호호호
아빠 하하하
웃고 있어요

나도 아빠 엄마를 보고
엉금엉금 기어갔어요
엄마 아빠는 웃지 않고
나에게 화만 냈어요
으앙 으앙 으앙 울어버렸어요
엄마 아빠가 미워 나는
자꾸자꾸 울었어요

마술사

시골 할아버지 논에는
마술사가 살고 있나 봐요

여름방학 때 할아버지 논에 갔더니
초록색으로 빛나고 있었어요

추석날 할아버지 집에 왔어요
할아버지 논은
노랗게 물이 들어 황금색으로
변해버렸어요

우리가 먹는 쌀도 달려있어요
너무너무 신기했어요

풍선

순이 풍선은
파란 옷

철수 풍선은
노란 옷

내 풍선은
빨간 옷

구름 위로 올라가요
우리는 꿈을 잡고
하늘로 올라가요

누나

약수터 가는 길
코스모스는
우리 누나 허리 같아요

솔 솔 불어오는 바람은
변덕쟁이
우리 누나의 성격 같아요

빙그르르
나뭇잎이 춤을 추면
예쁜 우리 누나 생각이 나요

민들레

봄이 찾아왔어요
우리 집 담 밑에
민들레가 앉아 있어요
노란 옷 입고
놀러 왔어요
방긋방긋 웃으며
자랑하네요

나뭇잎

나뭇잎아 빗물 타고 어디로 가니
바다가 그리워 파도 타러 가니
통통배야 갈매기 싣고 어디로 가니

너도 나처럼
구름 타고 바람 따라 엄마 찾아가니

해님은 내 친구

해님은 내가 좋은가 봐요
하루 종일 나를 따라다녀요
학교에 갈 때도
친구들과 놀 때도
언제나 내 옆에 있어요
아무 데도 가지 않고
나만 따라다녀요

해님은 밤이 되면
엄마 찾아 집으로 가나 봐요
나처럼 잠을 자러 엄마한테 가나 봐요

아침이면 언제나 찾아 와
창문을 두드려요
함께 놀자고

알 수 없는 말

나는 학교에 갔어요
선생님이 말씀하셨어요
우리들은 자연 속 일부분이라고
응 이상하네
혼자 가만히 생각해 보았어요
아 그렇구나
장미 이슬 풀잎
내 짝은 가을이었지

세탁기

우리 집 세탁기는 요술쟁이
더러운 옷을 세탁기에 넣어두면
어느새 반짝반짝
새 옷처럼 반짝거려요
우리 엄마 손처럼 요술을 부려요

편지

기러기야 기러기야
어디로 갔을까
이사 간 친구에게
내 마음 전해줘
내 소식 전해줘
바람 타고 구름 타고
네가 갈 수 있으면
기러기야 기러기야 기러기야

은행잎

바람이 싫어
은행잎은
빗물 속에 살짝
숨어 버렸나 봐
내 곁에 있으면
친구 하고 싶은데
내가 싫어 가버렸나
어디로 가버렸을까
노란 옷 갈아입고
강가에 자랑하러
혼자 갔나 봐

꽃밭

우리 집 마당에
꽃들이 놀러 오네요

새들도 풀벌레도
아침마다 찾아와
빨리 일어나라고
노래를 불러요

겨울이 되면
하얀 설탕이 나뭇가지에
소복소복 쌓이겠지요

학교 가는 길

방글방글 싱글싱글
파란 우산 빨간 우산
호호호 헤헤헤 하하하

동글동글 방글방글
예쁜 친구 얼굴이
우산 속에서 웃고 있어요

나팔꽃

아침이면 창가에서
방끗 웃는 나팔꽃
빨리 일어나라고
나팔 불어요
해님 따라 놀러 가자고

소나기

구름은 화가 많이 났나 봐요
얼굴이 까맣게 변했어요
우르르 탕탕탕
하늘나라에서 소리를 쳤어요
구름은 무서워 울고 있어요

변덕쟁이 친구처럼
금방 해님을 데리고 와
구름은 웃고 있어요

나무도 목욕하네

우리 집 꽃나무는
비가 오는 날이면
목욕을 해요

예쁜 옷으로 갈아입고
나에게 자랑을 해요

춤을 추며 자랑을 해요
깨끗하게 씻었다고
친구들에게 자랑을 해요

보석

마당에 놀러 온 청개구리
나뭇잎에 앉아
개골 개골 개골
엄마가 그립다고 우네요

아침 해님이 찾아와
청개구리 눈가에
반짝반짝 빛나는
보석이 대롱대롱

풀잎에도
꽃잎에도
대롱대롱
반짝반짝 빛나는
보석을 만들어 놓았어요

도레미솔

뒷산에 올라가면
친구들이 노래를 불러요

계곡물은 나와 함께
도미솔 도미솔
노래 불러요

나뭇잎들은 춤을 추어요

동그라미

영이는
내 마음에 자꾸
예쁜 원을 그린다

영이는
내 눈 속에서
반짝반짝 빛나는
비눗방울 타고 올라간다

이슬

비가 오면
잎 잎에 맺힌 이슬이
우리 누나
눈가에 맺혀있는
눈물 같아요

매미

나는 아빠랑 엄마랑 손잡고
바다로 피서 가는데

매미는 우리 집
미루나무로 피서 왔나 봐
나처럼 엄마랑 아빠랑 같이 왔나 봐
맴 맴 맴 맴
노래를 하네

봄

친구들 머리에 봄이 왔어요
친구들 머리는 꽃밭이네요
노랑나비 빨강나비 파랑나비
벌도 날아 왔네요
따뜻한 봄도 아닌데
친구들 머리엔
봄이 왔네요

밤송이

외할머니 집
뒷동산에
우리 형아 머리 같은
밤송이가
주렁주렁 달렸어요
가까이 다가서면
뾰족뾰족한 가시가
마구 찔러요
꼭
심술궂은
우리 형아 성격 같아요

산책

진달래꽃 핀 길
산책 가는 길

동생과 손잡고
걸어가는 길

아빠는 하하하
엄마는 호호호

Over a Wall
Poetry
35

인지생략

바다는 나이를 먹지 않는다

2023년 6월 15일 초판 1쇄 인쇄
2022년 6월 21일 초판 1쇄 펴냄

　글 | 하정자
펴낸이 | 송계원
편　집 | 하은
디자인 | 송동현 정선
제　작 | 민관홍 박동민 민수환
펴낸곳 | 도서출판 담장너머
등　록 | 2005년 1월 27일 제2-4102
주　소 | 11123 경기도 포천시 화현면 달인동로 89-1
전　화 | 031-533-7680, 010-8776-7660
팩　스 | 031-534-7681
이메일 | overawall@hanmail.net
카　페 | http://cafe.daum.net/overawall

ISBN 89-92392-65-5 03810
값 13,000원